一滴

大島雄作句集

青磁社

一滴＊目次

句集　一滴

I 地球

手鞠つく地球しつかりしてくれよ

雪しんしん絵本に兎帰るころ

一人づつ話を焼べる焚火かな

はや雪が覆ひぬ公魚釣の穴

鎧戸に濾さるる日差笹子鳴く

焼藷屋声千両でありにけり

油揚げのすつくり開き寒の明
春炬燵日にち薬の眠きこと
口べたの家猫も恋得るころか

農小屋に鶏の逃げ込む雪解風

魚は氷に酒饅頭のほつこりと

ゴム長に貼りつく鱗涅槃西風

留守番は老猫らしき種物屋

焼べられて生木泡噴く卒業期

馬駆くる音は木の椀万愚節

旋盤の屑に虹色さくら冷

虚子の忌や薬草用の大やかん

たぷたぷと御虎子《おまる》運ばる春の昼

朧夜のどこまで伸ぶる猫の胴

永き日やパンク修理のゴム擦り

はふはふと食らふ筍飯の湯気

腹筋のあるとは見えず水馬

多田神社

甲冑も鬼切丸も黴の中

仁左衛門丈を観てきし扇かな

四万六千日鳥かごの餌の乾び

風鈴を二つ吊せば呼び合へる

青春の書は不味からう雲母虫

枝豆を飛ばしてビートルズ世代

頭の内に小鬼の棲めり氷水

虎魚の空揚げ悪相は飽きが来ず

傷つきし松が脂噴く土用凪

好古と真之と子規雲の峰

雲海の飛び石として槍穂高

闘うて一尾となりし闘魚かな

蘭鋳につける薬はないものか

遠泳や手首に絡むほんだはら

遠雷やねぢの雌雄の散らかりて

這ひ這ひのかくも無敵ぞ夏座敷

夕端居心も横になつてゐる

八月や現像液に街揺らぎ

ひぐらしや不祝儀袋あつたはず

蜩や団地まるごと老いてゆき

コンビニの灯りの浮いて虫の国
ケータイの灯をぽつと点け夜学生
星月夜坂本九のごと歩き

畦草の震へどほしよ落し水

あはうみの一枚水や渡り鳥

かりがねや先に老いゆく膝小僧

金閣を突つつく鯉や水澄めり

桔梗や素描に土のかをりして

弁当にりんごの兎三羽ゐる

鮭遡《のぼ》る山の鼓動に導かれ

日と雨とまた日と雨と鵙の贄

顎振つて飲む粉薬冬はじめ

かかとから歩かう冬野はじまるよ

こんにやくをくるりとひねり日短

ねんねこの湿気は夢の溜りつぎ

海見たくなりぬ白菜真二つ

角も丸もこころのかたちおでん鍋

熊撃ちの酒に焼けたる頭かな

漫才は喋くりが良し切炬燵

D51の煙のかかる蜜柑山

母の忌やたんぽぽがあれば触れ

鯛焼のさびしき貌の方が裏

うたたねの涸塩つぱい冬旱

猪食うて話大きくしてしまふ

大王崎二句

干し魚のまだ生乾きの冬の蠅

耀あとの鱗流せり波《な》切《きり》・冬

高々と空を狭めて熊手売

にはとりの高足つかふ霜柱

十二月生簀の鯛の色抜けて

吾に歳暮猫に缶詰でも切るか

Ⅱ 吉事

塩鮭の皮に湯を差す三日かな

餅花の下に赤子の寝かさるる

子が去んで住吉さんの懸り凧

ほどほどの重さがよろし戎笹

家持の吉《よ》事《ごと》としたる雪降れり

雪吊が欲し還暦の我が身にも

交番に立たされてゐる雪だるま
煮凝や死に目に会はす子もなくて
津軽じょんがら横殴りの雪を呼ぶ

みづうみの縮緬皺や紙懐炉

野施行に姿見せぬかごんぎつね

笹鳴や鉄のにほひの車井戸

春遅々と二十ワットの外厠

春待つや皿に残れる青黄粉

座布団に猫のくぼみや春隣

立春のひかりを掬ふ四手網

雪しろや掌を押し返す牛の息

電球を振つてさりさり春の雪

切通の風のつめたさ花の兄

紅梅のあたたかさうな雫かな

鳥の餌のちらかる春の氷かな

曲がるとき尾鰭はたらく葦の角

水よりも空のつめたし花わさび

蟻穴を出でて真実一路かな

ワッフルに十二の小窓囀れり

三月の巴里へ飛び立つ手紙かな

あたたかやたま駅長のあみだ帽

揚ひばり天の真名井を汲みにゆく

野の平ら海の平らを鳥帰る

清明や赤子の爪のほのと伸び

すかんぽや貸して戻らぬ一書あり

春窮やわらしべ下ろす貝の穴

畦塗つて村に輪郭生まれけり

雪柳風を小出しにしてゐたり

ひこにやんは猫であるらし春の雲

鷹鳩と化して豆鉄砲喰らふ

降りだしの雨のきらきら雀の子

伽羅蕗の辛さほどほど遠忌来る

大琵琶をはみ出してゐる春の鳶

流木は海の木簡風光る

観音のかほとなりたる袋角

わが書棚貧しき憲法記念の日

箸置の魚の尾跳ねて夏来る

品書に透かしのありぬ夏料理

あぢさゐや油紋浮きたる花鋏

屋上の稲荷崇むる薄暑かな

神戸薄暑フランスパンが落ちてゐる

緋目高の愕きやすき組紐屋

蓑虫庵風鈴の音も聴きに来よ

音ほどに刈つてはをらず草刈機

噴水や眼鏡の蔓の冷えてきて

神輿舁く御神酒入りたる膚と膚

定年は無職のことぞところてん

体には悪さうな色かき氷

近ごろの曹操贔屓明易し

じつくりと真名を味はひ雲母虫

新入りの見つめられたる金魚玉

淡路島一島あらふ夕立かな

生ごみに出されてしまひ蛇の衣

父の日や背の取れかけの手沢本

翡翠を百年待つてをる心地

もう水を弾かざる膚プール出づ

森の奥の明りのごとく冷蔵庫

腹筋をつかふ合唱ダリア咲く

橋涼み近所のやうな貌をして

阿久悠がゐる甲子園西日席

登山小屋星の馳走のありにけり

八月や学校の名の喪のテント

二つ三つ買うて軽しや草の市

蜩の木の鉛筆があらばほし
律といふ妹欲しき草の花
鯔跳んで大阪湾のこともなし

敬老日倉庫にドラムセット古り

切妻は日本の屋根よ水の秋

目の澄みてくる抱一の秋草図

ひたすらに咲いてちんまり秋の草

光りつつバス折り返す虫時雨

体育の日の朝たまごかけご飯

甘食のやうな山々稲を刈る

灯台の白こそよけれ秋燕

書を読まず老いてゆくのか檀の実

棉吹くや初子を産みに帰りしと

菊人形同じ匂ひの主従なる

招ばれたきものの一つに猿酒

鮭のぼる水つらぬいて貫いて

猪垣となるべく鉞力運ばるる

腸の弱くなりたり冬青の実

色悪の役者の手締め酉の市

田面の亀甲割れや神の留守

冬萌や玄室に日のゆきわたり

冬の鯉ときどき水を揺すぶりぬ

黒セーターやはり美大を受くるとふ

腸に火のとどくまで浜焚火

硝子戸に夜の貼りつく海鼠かな

自殺に名所あつてたまるか波の花

どの眼鏡も約款読めず十二月

継ぎ接ぎの馬の埴輪や風花す

釣銭に落葉の混じる蚤の市

柊の咲きどんみりと離乳食

西に日の止まつてをり蓮根掘

四つ角をきちんと曲る火の用心

豆餅の豆抜けおちて仏間かな

Ⅲ 独楽

若湯より金時色に出でにけり
初詣歩いて行けるところなら
外猫の三毛にも御慶申しけり

竹馬のいよよ悍馬となりにけり

星一つ生まるるまへの独楽の澄み

睡眠時無呼吸症候群寒い

神々の恋にも迷ひ御神渡り

父も母も遺言あらず梅真白

春節や蒸籠は湯気を怠らず

葦焼いて煤の積もれる公用車

浅春やカヌー下ろして水震へ

虫出しの雷やぴゆぴゆつと牛の乳

白酒をきこしめしたる官女かな

◯《まる》が良からうよ巣箱の入口は

たんぽぽに喩へむ君のお人柄

子どもらは己が地図持つたんぽぽ野

揚ひばり雲へ休みにゆくところ

春風が吹かば余呉など訪ねたき

片栗の花や飛べざる翼持ち

気心の知れる数なり残り鴨

ぶらんこの鎖を捩り卒業す

そら豆のやうな児の靴青き踏む

賃上げの小数点や万愚節

子ども六人先生三人桜咲く

墨流しのやうな空なり花疲れ

花守のかつて能吏でありにけり

清明やナースの靴のぺつたんこ

亀鳴くや一円玉に「日本国」

鷹鳩と化し薬玉に籠めらるる

剪定やラジオの波を選びつつ

潮風の止めば顔出し燕の子

目借時競輪場の鐘《じやん》が鳴る

春の夜のことなら歩き神の所為

スピーカーの声割れてゐる汐干狩

春の夜のfの穴あるヴァイオリン

もう一歩踏み出すと空かたつむり

きびきびと智慧ありさうな青蜥蜴

麦笛を吹く若すぎる死へと吹く

声あらば煩さからうよ蛍の火

梅雨明けやぽんと引き抜く木偶の首

のうのうと我が形代の浮いてをり

ぴしぴしと飛ぶ鉾建の縄の影

水羊羹足をくづさぬ人と居り

わが俳句頭へもちとお風入れ

サイダーに星の爆発ありにけり

ストローに頸らしきもののソーダ水
みつみつとアロエの肉や夏旺ん
雉鳩のででっぽ暑くなりさうな

ゆりの木の高きを見上ぐ夏休み

ハンモックわれにも青の時代あり

天使魚のながながと糞引いてをり

いつぽんづつ指を確かめ昼寝覚

狭きまま夜空となりぬ吊忍

ことりことり真夜を働く冷蔵庫

箱庭の翁が蛙見てをりぬ

もう黒とは言へざる妻の髪洗ふ

炎天へ打つて出るべく髪束ね

三塁側第四試合日焼せり

峰雲や土より生えて象の脚

欠航の文字の拙し台風来

夏逝くや鞍《あん》馬《ば》に革のにほひして

青北風や紡錘形の船の電《た》球《ま》

ねむるため電車は車庫へ天の川

古本屋に古ぼけた猫秋の昼

ひとしづく呉れぬか子規の糸瓜水

切妻のごとく本伏せ虫の秋

自転車を押して通りぬ草の市

土旨しうましと蚯蚓くねりたる

褒美なけれど蓮の実の飛びにけり

秋澄むや島より大き鳶の輪

とりあへず羊歯を敷きつめ茸籠

鹿跳ねて己の影を振り払ふ

折鶴をひらけば海や露微塵
かりかりと秋風描くペンの音
竹伐るやゆさゆさと空揺すぶつて

出来秋や書架に掛かれる高梯子

存分に泣いて赤子や豊の秋

秋冷の染みとほりたる檜皮葺

雁や血を遺すこと叶はざる

振りかへり振りかへり蛇穴に入る

青空に吸はるるまでを鷹一つ

小芥子には描かれぬ手足火の恋し

口どけの干菓子のやうな小春の日

大粒の星の降りたる猪の宿

霜の夜やコルクの栓の文字焦げて

ときをりは小石を落とし眠る山

お絞りに顔の造作なほす冬

おでん酒赤塚不二夫論じつつ

湯豆腐に利尻昆布を敷いてやろ

ぶつかつて雲の育ちぬ大根引

切干やおほみたからの母の味

あいまいな略図持たされ十二月

だましの絵にまた騙さるる置炬燵

くっついて眠る猫の子クリスマス

舌の根の乾く乾くと笹子鳴く

ラグビーの敗者の泥の美しき

Ⅳ 真打

年新た星までとどく船の笛

人の居る部屋あたたかし嫁が君

鷹の爪とんとん叩き寒の入

成人祭日本丸は帆を張つて
雪だるま育ての親といふがあり
荒星や叱つてくれし人が逝き

ガーファンクルの声に抱かれ冬銀河

べてるぎうすの死にたる光厚氷

綿菓子にほの赤き芯春よ来い

立春大吉赤子が餅を背負ひたる

史記刺客列伝残る寒さあり

初午や轍に雨の残りゐて

島よりも大きな船や鰆東風

朝日子の弾んでをりぬ春氷

涅槃図に紛れ込みたる泣き女

乳鉢に鳥の餌磨る春みぞれ

ものの芽や朝のからだにヨーグルト

陶椅子に丸き穴あり地虫出づ

土踏んで水の滲みぬ蕗のたう

囀やことこと揺るる落し蓋

蛇出づる玄武の神に許されて

恋猫に鑽り火をひとつ奢らうか

家格などあつてたまるか猫の恋

ちよんちよんと置く土雛の目鼻口

てきたうや五人囃子の並び順

神様は斗酒をも辞さず山笑ふ

おぼろ夜のこゑ振りしぼる住大夫

よりきてはさつと子雀ちりぬるを
牛に仔の生まれさうなる春の家
春障子こころのかたち良き日なり

ふらここや膝の齢のまだ若き

万愚節鹿せんべいの小さくなり

花吹雪大きな嘘をつきたしよ

青竹を酒のこぼるる春祭

万治より石仏坐る春田かな

ちと跳んで上目をつかふ鮭五郎

春愁に効くももいろの点滴は

家内のことには触れず菊根分

目刺焼く星の死にゆく話して

いかなごのどれも古釘ばかりなる
埠頭にて尿意のほのか鳥曇
可惜夜のまづのれそれを啜りあふ

渦潮の真下の魚を思ひやる

観潮船降りて大地の揺れてをり

遠足のはや本丸を落しけり

逃水にあり鬣のごときもの
養蜂のあいさつ被り物のまま
芳草を擦つて巻尺もどりけり

雪渓や大きな風は遥かより

菖蒲湯や仔猫のために生きてやろ

ででで虫や切絵のやうな路地の奥

林泉の裏をめぐりて黒揚羽

アルプスを袈裟懸けにして夏燕

手を通すシャツの冷たさ花りんご

十薬が咲きつぐ今日も誰かの忌

さつきまで滝と呼ばれし渓の水

縞馬の縞のかたむき白雨来る

麻服の皺ほど仕事してをらず
おほかたはサユリストなり夏期講座
裏表なき人とゐる涼しさよ

真打の羽織落しの涼しさよ

蟬穴に水を充たして一人つ子

二三日言葉をかしきアロハシャツ

汗うつくしき盲人と伴走者

帰省子にラブラドールの体当り

白靴を履かせたきひと先づ龍馬

別嬪とは佳き言葉なり金魚玉

舟虫よ人はもうすぐ滅びゆく

夏川や橋の動いてをるごとく

禁帯出ばかりの書架や冷房裡

書淫とふ一日でありぬ水中花

巴里祭一枚もののカウンター

幽霊の応挙の軸に戻りけり

八月大名日高に馬を訪ねけり

蜩や土に食ひ込む椅子の脚

秋澄むや換へて均して猫の砂

店頭にパン焼く時刻小鳥来る

黄鶲の番ひ降りたつ休み窯

秋暑しナイフにのこる肉脂

芋銭画の河童と月を待ちてをり

露けしや野猫といふも波斯《ぺるしや》の血

草に実のあれば扱いて秋遍路

軽トラの荷台に子ども豊の秋

五円玉に稲と歯車豊の秋

噴煙のけさは高きに秋収

うそ寒や働き悪しき右心室

冬来る真鯉は胴をぶつけ合ひ

誂へたやうな青空七五三
うつかりと触れ山茶花は壊れもの
幸せは小さきがよろし毛糸編

保証してくれねど五年日記買ふ

雪来るかマトリョーシカは出窓にゐ

御嶽に雪来たるらし掌を合はす

断崖に骨を吐きたり尾白鷲

凧や藻塩の飴のみどりいろ

五郎助ほう柳田國男読みすすむ

毛糸帽嫌ひなものは嫌ひなり
着ぶくれて高倉健を悼みけり
マフラーを解きイムジン河うたふ

猪鍋や厚き布団の積まれある

埋火に埋め尽くせぬ死が一つ

灯を消してより二三言除夜の鐘

Ⅴ 憂国

初夢のアサギマダラは海渡る

耳垢のほろりととれて初昔

赤べこの首振りやまぬ淑気かな

鏡餅吾にて絶ゆるわが家系
ばね仕掛けのやうな挨拶春着の子
初えびす都こんぶを嚙みながら

なかなかに奥歯はたらく寒九かな

初場所の贔屓力士の勇み足

星の座を揺るがしてをるどんどかな

縄跳のぴしぴしと打つ己が影

古漬のあれこれ出でて女正月

白鳥の声かうかうと伊吹晴

搗き餅のやうに鮟鱇置かれあり
寒林を歩く黙つてゐたいから
雪積もる馬のかたちのオートバイ

割るほどにさびしくなりぬ厚氷

散髪屋のなすがままなり日脚伸ぶ

水仙やあしたは海の向うから

揚げパンの仄かにぬくし一の午

まつろはぬものを呑みこみ雪解川

涅槃図を巻いて数多のこゑ蔵ふ

湖上絵のごとくに魞の挿されあり

春光や羽虫をはらふ牛の耳

春光やマーマレードに皮多く

雛段の裏の配線込み合へり
うぐひすや箪笥になる鵜殿葭
酢海雲をちゆるると啜り国憂ふ

雨のあとずんずん乾く蝶生る

ビートルズのやうに横断春めきぬ

二分遅れを詫ぶる電車や万愚節

朗らかにものは食べたし朝桜

浦島を待ちて千年亀の鳴く

指切といふ怖きこと朧の夜

永き日や貝よりにゆつと管二本

スケッチのあひだ動かず袋角

シーツ干す蜂は光を曳いてくる

赤い風船持ちて一番さびしい子

レガッタの応援岸を走りけり

呼び鈴にむくと目覚めて燕の子

子を産んで猫に杏のにほひあり

仔猫たちみんな未来を見てゐるか

赤岳の男ぶり佳し夏初め

六人で担ぐボートや夏燕

みづほてふ列車過ぎたり青田風

麦笛がじやうずで器用貧乏《びんぼ》なる

更衣もめん豆腐を贔屓とす

だんだんに吾の小さく滝の前

滴りを太らせてをる山気かな

しばらくは櫂を休ます花藻かな

失ひし若さの匂ひ噴水は

噴水や時間売りたき人ばかり

船室のやうな丸窓ソーダ水

ぞんぶんに勢ひ水浴び祭足袋

男湯の桶のかたんと祭あと

平服と言うたでないか花氷

捩花を正すつまらぬ男かな

おほかたは知つてゐるひと橋涼み

蕪村画の又平びいき夕涼み

白に白を重ねて白し雲の峰

放牛の筋肉うごく夏野かな

登山靴提げて重たくなりにけり

青年に喩へ北山杉涼し

夕立の裏へ循環バスまはる

遠雷やズボンの裾に海の砂

籐椅子やてのひらに載る島一つ

舞姫も駒子も紙魚に食はれけり

狂はねば見えざることも火取虫

ぶんぶんの窓打つラジオ深夜便

白玉や芸の一つもなくて老い

子どもらの草のにほひや地蔵盆

オルガンの音は木の息秋の澄む

年取るは愉しきことぞ水蜜桃

よそゆきの顔など持たず白桔梗

種を吐くことの愉しき葡萄かな

きちかうや真澄といふは諏訪の酒

星流るしまふくろふの森の上

勿体をつけて雲あり月今宵

隈取に子どもの泣いて村芝居

大漁旗振られてゐたり草相撲

鮎落ちて少しつきあふ昼の酒

青石のほとり風湧く松手入

稲架乾く法事の襖とりはらひ

しあはせは壊れものなりレモンの黄

死の稽古めきたる秋の昼寝かな

しほからき声が指図や簗仕舞
龍淵に潜むか池の青濁り
酒の名の月の桂や温めむ

家猫に使はざる牙火の恋し

妻が背をぽんと勤労感謝の日

雪吊のきりきりしやんと仕上りぬ

返り花時間の砂の白きこと

日向ぼこ子どもの影の濃かりけり

指笛を教はつてゐる猟期前

室咲や輪ゴムに束ね喪の葉書

凩や灰汁すくへども掬へども

綿虫や瀬渡り石のぐらぐらと

若沖の鶏炯々と冬旱

山国の星を褒めたる葛湯かな

ぼろ市の売らぬホルンをまた磨く

ハモニカと毛糸帽のみ遺されし
否応もなくてシベリア寒気団
湯ざめして浅川マキの気分なる

おそらくは下つ端ならむ風邪の神

アナウンサーの早口師走来りけり

百年の家屋に段差風邪心地

熱燗や放哉好きのよく泣いて

初霜や土に捨て菜のへばりつき

眠りたし氷より象現るるまで

あとがき

『一滴』は私の第五句集になる。小さいながらも俳句誌を発行し続けるには結構なエネルギーが必要で、編集に追われ、自分の句をまとめる余裕がなかった。また、次第に句会の数が増え、毎月発表する句も多くなった。愛着のある句を早くまとめておきたいと思ってはいたが捗らず。ようやく今回、出版の運びとなった。二〇一一年から二〇一五年までの四八〇句を収めた。

前句集『春風』を作った際に考えていたこと、つまり自在に、平易に、好き勝手に詠むという気持ちは全く変わらない。このところ、定期的に吟行に出かけ、自然と触れ合う機会は増えているが、句を整理すると、いわゆる叙景句がどんどん落ちてゆく。結局「作る」のが自分の持ち味なのかと改めて思った。

以前から、生き物、特に動物の句をよく作ってきた。『一滴』にもそういう句を多く収めている。中でも猫が目立つ。近くの緑地で保護し家族としている、わが家の猫三匹は七歳と五歳。この三匹を送るまでは人生をリタイアできない。まだまだ頑張るつもりだ。終りになったが、青磁社の皆さんには大変お世話になった。厚くお礼を申し上げる。

大島　雄作

二〇一九年九月

著者略歴

大島 雄作（おおしま・ゆうさく）

1952年6月27日　香川県多度津町に生まれる。
　　　　　　　　丸亀高校、大阪大学卒業。

1982年　「沖」と「狩」に入会。3年後、「沖」一誌に絞る。

1988年　「沖」新人賞を受賞し同人。のち同人賞、「沖」賞を受賞。

1994年　第9回俳句研究賞を受賞。

2001年　師の能村登四郎が死去。

2007年　「沖」を退会し、季刊誌「青垣」を創刊、代表を務める。

句集『寝袋』『青垣』『鮎苗』『春風』『現代俳句文庫　大島雄作句集』

現住所　〒561-0862　大阪府豊中市西泉丘2-2438-1　A 404号

句集 一滴

初版発行日 二〇一九年十二月二十一日
著 者 大島雄作
定 価 二三〇〇円
発行者 永田 淳
発行所 青磁社
京都市北区上賀茂豊田町四〇―一（〒六〇三―八〇四五）
電話 〇七五―七〇五―二八三八
振替 〇〇九四〇―二―一二四二二四
http://www3.osk.3web.ne.jp/~seijisya/
装 幀 濱崎実幸
印刷・製本 創栄図書印刷

ISBN978-4-86198-448-8 C0092 ¥2300E